AF187757

Herstellung und Verlag:
BoD-Books on Demand, Norderstedt
ISBN: 978-3-7448-9354-1

Das wird man doch wohl noch sagen dürfen!

Wir behalten die Übersicht

Liebe Leser,

März 2016, es ist ein trüber Tag. In diesem Jahr werde ich mein achtes Lebensjahrzehnt vollenden. Seit einigen Jahren wird uns Menschen in der europäischen Union innerliche Unruhe und Angst zugemutet. Von dem europäischen Schengen Abkommen und der Sicherheit der Außengrenzen, sind wir in der Gegenwart meilenweit entfernt. Das Abkommen zeigt uns doch, dass der europäische Gedanke sich nicht auf alle Länder umsetzen lässt. Wenn ein Herr Junker sich im März 2016 in der Öffentlichkeit hinstellt und sagt, die EU hätte ihre Aufgabe mit einer Gesetzesvorlage „Schengener Abkommen", auch Rechtsakte genannt, die Voraussetzungen erfüllt. Und jetzt hätten die einzelnen europäischen Staaten die Schuld an der Flüchtlingsmisere. So gibt es für diesen Gernegroß aus Luxemburg nur den Rücktritt. Gestatten Sie mir bitte einen Vergleich: In einem Unternehmen wird von der Führungsetage die Richtung vorgegeben, die Ausführungsetage setzt die Vorgabe nicht um. Dann muss sich doch die Führungsetage fragen, in diesem Fall Herr Junker, woran scheitert die Umsetzung der Gesetzesvorgabe? Das Konstrukt Brüssel ist nicht von dem europäischen Volk gewählt, lebt aber von den Steuereinnahmen der angeschlossenen Länder. Im Klartext: Die steuerpflichtigen Unternehmen und deren Bürger werden nicht gefragt? Die Sowjetunion ist mit diesem System gescheitert. Die in Europa lebenden Jünger oder deren Innen aus Trier, haben aus der Historie nichts gelernt. Sie „Marxen" im westlichen Europa weiter. Koste es was es wolle, der unmündige Bürger bezahlt die Zeche!

Vor vier Jahren lebte ich noch auf meiner Finca in den Bergen Andalusiens und schrieb mein erstes Buch. In „Susi und ihre Kinder" erzählen unsere drei liebgewonnen Katzen von ihrem Leben. Einige Zeit später entstand mein zweites Buch mit dem Titel „Hoddel & Anne". Darin erzähle ich über die täglichen Gespräche miteinander oder gar übereinander. Für mich gibt es nichts schöneres, als die eigenen Artgenossen zu beobachten. Diese Gelegenheit bot sich auf meinen Flugreisen – vor allem auf denen von Spanien nach Deutschland und zurück. Schon in der Flughafenhalle erkenne ich die Alemanes, behaupte ich von mir. Waren die Spanier laut und freundlich, so sind die jüngeren Deutschen oft unhöflich. Aber wir, die sogenannten Alten, an deren Gesichtszügen man schon von Weitem erkennen konnte „der oder die" ist heute nicht gut drauf: Achtung, möglichst nicht ansprechen!

Nun schreibe ich in meinem dritten Buch über meine Kindheit am Kriegsende im Mai 1945 bis in die Gegenwart. Ernst, nachdenklich und kritisch und zwischendurch, was ich am liebsten mag, erlebte oder erdachte humorvolle kleine Anekdötchen. Vielleicht wird manchem meiner Leser nach dieser Lektüre verständlich, warum ich in den acht Lebensjahrzehnten so wurde, wie ich es heute bin!

Ihr oder Euer Horst Pfeil

Buchholz, im März 2016

Mein Schicksalsjahr

1995 war für mich ein Schicksalsjahr: schaffe ich es über die Krankheit Krebs hinweg zu kommen oder nicht? Mehrere Operationen, dreizehnmal spinale Anästhesie und vierteljährlich eine Resektion lagen hinter mir.

Ich fing wieder an zu schreiben. Bereits in der Schule hatte ich einen Teil des ellenlangen Gedichtes „Die Kraniche des Ibykus" von Friedrich Schiller neu interpretiert. 1951 war der Krieg in Korea ausgebrochen und ich konnte mich noch an die Kriegsjahre 1939-1945 im eigenen Land erinnern. Nun schon wieder Krieg?

Die neuen, von mir geschrieben Verse, mit der Furcht, dass dieser Krieg auch wieder Deutschland erreichen könnte, haben mich damals dazu veranlasst, in der Pause für meine Klassenkameraden auf die Rückseite einer aufklappbaren Schiefertafel die neuen Verse zu schreiben. Zu meinem Pech, wurde ich von unserem Klassenlehrer Dr. Becker erwischt und durfte nach der Pause zum Schuldirektor Schütze kommen. Auf das damalige Gefühl, möchte ich an dieser Stelle nicht weiter eingehen. Der Rohrstock war uns mehr oder weniger bekannt.

Meine Verse hatten in der Pause das Lehrezimmer erreicht. Statt einer Standpauke war das Lehrerkollegium erstaunt, dass ein fünfzehn Jahre alter Schüler sich über politische Weltgeschehnisse eigene Gedanken macht.

Im Jahr 1996 hatte ich in Hamburg, im Hohenfelder und Uhlenhorster Bürgerverein, die Redaktion der Rundschau übernommen. Diese ehrenamtliche Tätigkeit wurde von mir mit viel Freude ausgeübt. Wurde aber an den Regierenden und dessen zum Teil ideologischen* Vorstellungen sachliche Kritik geübt, dann lernte ich was Politik ist. (* nach Karl Marx dem Großen)

Bis zum heutigen Tag bin ich mir treu geblieben und werde die Zeit, die mir bleibt, nutzen und mir weiterhin „Gedanken zur Zeit" machen.

Mai 1945, die Befreier sind da

In den letzten Kriegstagen vor über 70 Jahren – ich war noch keine neun Jahre alt – hatten wir Kinder einmal mehr schulfrei. Am Straßenrand zur Nebenstraße stand eine Handvoll wild gestikulierender und diskutierender Männer, unter ihnen mein Großvater. Fast alle waren Kriegsveteranen aus dem ersten Weltkrieg, die jedoch noch jung genug waren, im Volkssturm mit einer Panzerfaust in der Hand, den deutschen Endsieg herbeizuführen. Wir Kinder lauschten gespannt und hörten aus Gesprächsfetzen, dass am nächsten Tag die Amerikaner

9

in unseren Vorort von Leipzig einmarschieren würden. In der Ferne hörten wir schon seit Tagen ein Grollen und Kanonendonner. Wir Kinder fanden es spannend, nun rückte die Front auch in unseren Ort vor. Wir durften uns nicht so nah an die Männer heran wagen, sonst hätte man uns weggejagt. Was hatten Rotznasen, wie wir es mit knapp neun Jahren nun einmal waren, bei Erwachsenengesprächen zu suchen. Doch plötzlich verstummte die Altherrenriege. Aus der angrenzenden Nebenstraße kam, auf einem Fahrrad, der Ortsgruppenleiter der NSDAP in Uniform angeradelt. Jetzt machte sich ein großer Unmut breit. Einige hoben ihre Gehstöcke und versperrten den Zugang zur Hauptstraße. Man wollte den Ortsgruppenleiter lynchen. Je näher dieser heran kam, um so wilder wurden die Drohgebärden. Doch dieser hatte es früh genug gemerkt und fuhr zurück. Einige Zeit später kam er auf einem Motorrad angefahren und keiner der immer noch an der Ecke stehenden Männer hatte den Mut, ihm zum zweiten Mal den Weg zu versperren. Wir Kinder hörten: „Auch du wirst deine Richter finden und die Gerechtigkeit wird siegen."

Wir konnten diese Bösartigkeit nicht verstehen, hatten doch viele von uns ihren Vater oder ihre Mutter im Krieg verloren. Der Ortsgruppenleiter hatte uns Kindern ein anderes Bild vermittelt. So kann ich mich an das Gespräch mit ihm, meiner Mutter und mir, sehr gut erinnern. Mein Vater war ein Jahr zuvor an der Front in Russland gefallen. In diesem Gespräch bot er die Hilfe der Partei an, nachdem gewiss war, dass mein Vater nicht wieder zurückkommen würde. (Meine Eltern gehörten nicht der NSDAP an.)

In den Kriegsjahren fiel wegen dem fast täglichen Fliegeralarm die Schule aus. Es gab schwere Bombenangriffe in und um Leipzig, dicke Rauchschwaden zogen über uns hinweg und machten die Tage zur Nacht. Am meisten hatten wir die Tiefflieger zu fürchten. Allen voran die mit dem englischen oder amerikanischen Hoheitszeichen. Sie flogen zum Teil so tief, dass wir die Piloten sehen konnten. Geschossen wurde auf alles was sich bewegte. Wir Kinder waren davon nicht ausgenommen.

Unsere Wohnung lag in der Nähe eines der größten Güterbahnhöfe Europas. Für uns bedeutete diese Nähe eine große Gefahr. In den letzten Kriegsmonaten, kamen die Flugzeuggeschwader und einzelne Jäger ohne Vorwarnung. Zuvor hatten die heutigen Befreier ganze Arbeit geleistet. Unsere Vorwarn- und Flakeinrichtungen wurden bombardiert, nun konnte eine ungeschützte Zivilbevölkerung ungestört getötet werden.

In den ersten Tagen des Wonnemonats Mai kamen nun die Amis. Schwere Panzer, links und rechts neben diesen

Panzern, lief in gebückter Haltung die schwer bewaffnete Infanterie. Wir hielten uns in unseren Häusern auf und beobachteten hinter den Gardinen stehend, dieses Schauspiel. Unser Vorort wurde kampflos den Amis übergeben. Weiße Fahnen oder Bettücher schmückten nun die Frontflächen unsere Häuser. Ein Zeichen der Aufgabe. In der heutigen Zeit wäre es schwierig eine Fahne am Haus anzubringen. Damals gehörte an jedes zur Straßenseite liegende Fenster eine Halterung für eine Fahnenstange. Durch Handmegaphone wurden wir in deutscher Sprache aufgefordert, unser Häuser nicht zu verlassen. Wir waren befreit. Stunden später kamen Offiziere in unser Haus und forderten uns an der Wohnungstür auf, die nötigsten Sachen zu packen und innerhalb einer Stunde das Haus zu verlassen.

„Du raus, wir rein" tönte es in gebrochenem Deutsch.

Wir durften die Wohnung in den nächsten Wochen in der Mittagszeit für zwei Stunden aufsuchen, um zu reinigen. Wir hatten Glück, meine Großeltern wohnten nur ein paar Häuser weiter. Einige Nachbarn mussten längere Wege in Kauf nehmen. Aber alle fanden eine Unterkunft frei nach Motto: Ein jeder hilft dem anderen. Der Krieg war zu Ende, es konnte nur noch besser werden. Die Soldaten behandelten uns zuvorkommend. Wir bekamen Lebensmittel, zum Teil Armeeverpflegung und Dinge, die wir Kinder nicht kannten. An einem der Besuchertage, habe ich eine auf dem Wohnzimmertisch liegende Eierhandgranate in einer meiner zwei Hosentaschen verschwinden lassen. Wäre mir das gelungen, wäre ich in meiner Straßenclique bestimmt zum Anführer gewählt worden. Aber der wachhabende Offizier hat mich an der Haustür erwischt. An meiner Gesichtsfarbe konnte er erkennen, dass bei mir nicht alles in Ordnung war. Grundsätzlich stand an der Haustür Wachpersonal, an diese Situation hatte ich vorher nicht gedacht. Nach einer Standpauke, eindringlicher Ermahnung und Zurechtweisung, kamen andere Soldaten dazu. Ein großer Soldat, mit einer unvergesslichen Nickelbrille, hielt mir eine große Schüssel mit bunten Bonbons hin und meinte: „This is for you, no grenade!"

Nun durfte ich in der folgenden Zeit der Beschlagnahmung unser Haus nicht mehr betreten. Hier enden meine Erlebnisse, fünfzig Jahre nach Kriegsende.

70 Jahre nach Kriegsende

Nach dieser Zeitspanne streiten sich Politiker, Medien, Kirchen und andere Institutionen, wie der unmündige Michel den 8. Mai 1945 zu begehen hat. Wäre der Bürger in Deutschland wirklich mündig, hätten die Gutmenschen doch keinen Grund zum Streiten, oder?

Für viele Menschen, die diesen Tag erlebten, sicherlich ein Tag der Befreiung. Für viele ein Tag der Trauer um den geliebten Menschen. Ein sinnloser Krieg war zu Ende. Aber um welchen Preis? Viele meiner vor dem Krieg geborenen Jahrgänge standen ohne Eltern da oder hatten einen Elternteil verloren. Unsere Familien wurden zerstört. In der Gegenwart wird uns diktiert, wir müssen unseren Befreiern dankbar sein. Da fällt mir sofort der deutsche Dichter Heinrich Heine ein. In seinem Gedicht „Nachtgedanken" lautet der erste Vers:

Denk' ich an Deutschland in der Nacht,
dann bin ich um den Schlaf gebracht.
Ich kann nicht mehr die Augen schließen.
Und meine heißen Tränen fließen.

Für 17 Millionen Menschen blieb die Diktatur bestehen. Es änderte sich lediglich die Farbe, aus Braun wurde nun Rot. Und weitere Millionen Deutsche wurden aus ihrer Jahrhunderte bestehenden Heimat vertrieben. Wieder hatte in der Weltgeschichte eine außereuropäische Macht, gemeinsam mit den europäischen Mächten, Geschichte geschrieben.

Die Gefühle und Empfindungen eines Menschen, wie er die Tage nach Kriegsende begeht, das gilt es zu tolerieren. Der den Deutschen, von bestimmten Institutionen verschiedenster Schattierungen, auferlegte Selbsthass, treibt an solchen Tagen und Wochen besondere Blüten. Am 20. Januar 1983 sprach der französische Staatsmann und Sozialist Francois Mitterrand im Bundestag zum Thema Kriegsende 1945: Dass unsere Väter und Großväter keine Verbrecher und Sadisten gewesen waren. Er sagte weiter, dass er viele deutsche Soldaten kennengelernt hat, die ganz einfache und ehrliche Menschen waren. Es waren Menschen, die ihr Heimatland liebten. Für schlechte Ziele unter dem Einsatz ihres Lebens marschiert sind und gekämpft haben. Wir sollten uns hüten vor einem Vergessen und Verzeihen. Aber auch kein Aufrechnen, weder die eine noch die andere Seite.

Von Charles de Gaulle stammt der Satz:

„Die Seelengröße eines Volkes erkennt man daran, wie es nach einem verloren Krieg seine gefallenen und besiegten Soldaten behandelt."

Es gilt aus der Geschichte zu lernen. In einem Krieg, und da hat sich bis heute nichts geändert, gibt es nur einen Verlierer und das sind wir Menschen.

Der Krieg in der Gegenwart

Meine Generation, die als Kind in der Heimat den zweiten Weltkrieg erleben durfte, wurde um ihre Kindheit

15

und Lebensqualität gebracht. Im September 1942 wurden wir mit sechs Jahren eingeschult. Die ersten Bombennächte 1943 erlebten wir im sogenannten Luftschutzkeller. Einer Einrichtung, die vom Luftschutzwart und Hauseigentümer, in den Kellergängen mehrgeschossiger Häuser eingerichtet war. Nach dem Fliegeralarm wurde der bereitstehende kleine Lederkoffer, in dem die wichtigsten Papiere waren, von der Mutter in die Hand genommen und ab ging es in den Keller. Im Kellergang standen Bänke oder andere provisorische Sitzgelegenheiten. Jeder war bemüht sich den besten Platz zu sichern. Dann hörten wir die Bomberverbände der Engländer und Amerikaner. Die Geräusche wird wohl keiner von uns vergessen. Wenn die Flugverbände über unsere Häuser flogen, kam ein Glücksgefühl auf – sie hatten ihre Bombenlast nicht über uns abgeworfen. Alle Bomberverbände wurden von Jägern begleitet. In der Gegenwart wird diese Tatsache von deutschen selbsternannten Historikern geleugnet. (Das Motto lautet: Weil nicht sein kann, was nicht sein darf!) Bis zur Entwarnung mussten wir im Luftschutzkeller bleiben. Erst danach durften wir wieder raus und sahen wie unsere Häuser brannten. In manchen Nächten standen wir weinend auf der Straße und sahen, wie der Qualm und die Feuersbrunst gen Himmel stieg. Viele aus unseren Jahrgängen wurden Voll- oder Halbwaisen. Für unser Väter oder Mütter, die den Krieg nicht überlebten, suchen wir heute oft vergebens nach

Gedenkstätten und Gedenktagen. Noch heute verweigern sich einige deutsche Kirchen, Gedenktafeln für die deutschen Opfer zu genehmigen.

Am nächsten Tag hatten wir vielleicht Schule oder auch nicht. Es konnte sein, dass die Bomben die Stromversorgung und die Verkehrsmittel getroffen hatten.

In einem Bonmot sagte Churchill: „Die Deutschen brauchen nicht in ihren Städten leben. Sie sollen auf's Land gehen und vom Hügel zuschauen, wie ihre Heime verbrennen."*

*Aus dem Buch „DER BRAND", Deutschland im Bombenkrieg 1940-1945, von Jörg Friedrich.

Warum schreibe ich noch einmal über diese Zeit? Haben wir Menschen aus der Vergangenheit gelernt? In der heutigen Zeit ist Deutschland keine Macht, die in der Lage wäre, allein einen Krieg zu beginnen. Aber unsere Verbündeten, allen voran die Amerikaner, die bereits im neunzehnten Jahrhundert anstrebten eine Weltmacht zu werden. Die Völker um Israel bis Nordafrika und im Osten von Europa bis zum Schwarzen Meer leiden unter den Kriegsgelüsten der sogenannten politischen Freunde in Amerika. Es ist schon mehr als eine Phrase, unter unterschiedlichen Völkern von Freunden zu reden. In der Politik gibt es grundsätzlich keine

Freunde, da jedes Volk auf Grund seiner Historie eigene Interessen hat und diese auch verfolgt. Wenn heute unsere Volksvertreter von amerikanischen oder selbst in Europa von politischen Freunden sprechen, ist das nicht eine Volksverdummung? Aber was sollen wir in der Gegenwart von unseren Regierenden und Staatsvertretern erwarten? Der Kabarettist Henning Venske nennt sie in seinem Buch einfach „Lallbacken".

Der deutsche Michel

Geht es Ihnen auch so: Sie stehen in einen Lottoladen und staunen über das reichhaltige Angebot? Die vielen Zeitungen, Zigaretten, Tabak, Alkohol, Kaffee, Brötchen, vielleicht in einer Ecke noch ein Reisebüro und jede Menge anderes Gedöns. Verschiedene Dinge, die uns von Staats wegen an sich verboten sind. Nach dem Kriegsende 1945 wurden wir deutschen Bürger von unseren Befreiern, den vier Besatzungsmächten, zu mündigen Bürgern erzogen. Na ja, das stimmt nicht ganz, denn 17 Millionen wurden durch den Marxismus zu unmündigen Bürgern umerzogen.

Geraucht wurde und wird in beiden Teilen Deutschlands. Nun ist das Rauchen nur bedingt erlaubt, Alkohol steht auf der Kippe. Dabei haben unsere Altvorderen, Friedrich Wilhelm der 1. – auch „der Alte Fritz" genannt – das

Tabakskollegium geschaffen. Die Mönchsorden waren für das Bier und den Wein im Klosterausschank zuständig. Diese Lebensqualität wird in der Gegenwart von politischen Ideologen an den Pranger gestellt, obwohl einige selbst an der Nadel hängen. Aber sitzt man erst am Hebel der Macht, dann wird benebelt der Arm erhoben, gekichert und gelacht.

Heute wird das deutsche Grundgesetz, noch nicht ganz, aber immer mehr, durch die Europäische Gesetzgebung in Brüssel ersetzt. Wir haben die alte Glühlampe verloren. Gut, sie hat zwar fünfundneunzig Prozent Wärme erzeugt, dafür war sie aber gleichzeitig eine Wärmequelle. Mit ihrem Lichtspektrum hatte sie eine gute Farbwiedergabe. Und war kein mit Quecksilber gefülltes und hochgiftiges Leuchtmittel. Selbst in der heutigen LED Technik ist die natürliche Farbwiedergabe noch nicht ganz vorhanden.

Und wenn ich den Oberkommissar in Brüssel und den anderen Häuptling im Europaparlament höre und auch sehe, schaudert mir fürchterlich. Daraus könnte doch folgender Satz entstehen: Die ehemalige Sowjet Union hat sich aufgelöst, um sich in West-Europa neu zu etablieren. Aber uns bleibt ja noch der viel geliebte Lottoladen für den gutmütigen, einfältigen und oft unpolitischen „Deutschen Michel".

Siehe: Der neue Büchmann. Denn dieser träumt weiter vom Hauptgewinn im Lottogeschäft. Na, denn man Tschüss, bis zum nächsten Mal im Lottoladen!

Das schaffen wir?

„Vorwärts immer, rückwärts nimmer" so verkündete in der DDR Erich Honecker seinen X-ten Aufbauplan den Genossen. Er meinte damit seine Bürger, aber da hatte „Honni" in der Schule im Saarland gefehlt. Das Wort Bürger hat er nie kennengelernt. Schon damals warf dieser flotte Spruch im Volk Fragen auf. Dem Bürger wurde damals verboten, Dinge zu hinterfragen, die der Staatsratsvorsitzende befahl.

Betrachten wir die Züge von Merkel und Co. - hat sich in der Gegenwart etwas verändert und wir Bürger „merkeln" es nicht? Nüchtern betrachtet: Der dumme Bürger hat gefällig seinen Mund zu halten. Merkel, die Mutter der Nation, hat gesprochen. Basta! Als Kind durfte ich miterleben, wie die Erwachsenen vor der Gestapo zitterten. Nach 1945 zitterten die Menschen in der sowjetischen Zone vor den Russen. Später wurde in der DDR vor der Stasi gezittert.

Mein Großvater wurde, nach dem ersten Weltkrieg, in Leipzig ein lupenreiner Sozialdemokrat. Leipzig ist die

Gründungsstadt der SPD. Nach Kriegende wurde die SPD von der SED geschluckt. Nach meiner Flucht 1947 von Leipzig nach Hamburg, habe ich 1955 meine Großeltern in Leipzig besucht. An ein Gespräch mit meinem Großvater kann ich mich noch heute erinnern. Auf meine Frage, ob er noch in der SED wäre, kam die Antwort: „Mein Junge, in der Nachkriegszeit wurden in dieser Partei meine Ideale verraten. Ich habe ihnen das Parteibuch vor die Füße geworfen. In der SED herrschte der pure Marxismus und Kommunismus. In dieser Partei galt für jeden Bürger: Und willst du nicht mein Bruder sein, so schlage ich dir den Schädel ein."

Die Bewerbung

Eine nacherzählte Geschichte. Sachsen im November 2005. Eine Frau, 61 Jahre alt, feminin, wegen eines Wegeunfalls frühzeitig aus dem Berufsleben (als Erzieherin in einer Kindertagesstätte) ausgeschieden. Sie wurde gemobbt und hatte ständig große Schmerzen in der Leistengegend. Seitdem bezieht sie Arbeitslosengeld und hat sich geweigert die Rente zu beantragen. Nun muss sie sich monatlich um einen neuen Arbeitsplatz bewerben. Ihre letzte Bewerbung liest sich wie folgt:

Sehr geehrter Geschäftsführer oder -in,

ich schreibe langsam, da ich in meinem Alter nicht mehr so schnell den Buchstaben auf dem Bildschirm folgen kann. Sie bekommen mit mir eine sehr tüchtige Kraft, so steht es wenigstens in meinen Zeugnissen. Durch meine halbjährige Arbeitslosigkeit hat sich bei mir folgender häuslicher Bio-Rhythmus eingestellt: Ich stehe morgens pünktlich um 8°° Uhr auf. Wegen meiner Zuckerkrankheit muss ich regelmäßig spritzen. Also könnte ich anschließend zum Frühstück kommen. Ich gehe davon aus, dass Ihre Firma eine Kantine hat. Kann und darf ich dort mein Frühstück einnehmen? Meinen Kaffee trinke ich schwarz, ohne Zucker und Milch. Daraus können Sie ableiten, was Sie für eine sparsame Wirtschaftskraft in mir hätten. Desweiteren benötige ich für meinen täglichen Schönheitsschlaf von 12°° bis 13°° Uhr einen Ruheraum. In Ihrer mir vorliegenden Firmenbroschüre, wird auf die außerordentlichen und großzügigen sozialen Einrichtungen hingewiesen. Vielleich besteht die Möglichkeit, dass ich meinen zwölfjährigen Hund mitbringen darf. Auch er kann einen höheren Hundeschulabschluss nachweisen. Seine Abschlussprüfung bestand er mit Auszeichnung. Seine Prüfungsaufgabe lautete: Wo beiße ich Postfrau- oder mann zuerst hin?.

Mein Hobby ist das Putzen. Der Stiel des Schrubbers

sollte schon 2 m lang sein, da ich mich sonst überforde-
re, denn mein Rücken lässt eine gebückte Haltung un-
gern zu. Das bereitgestellte Wischwasser, sollte hand-
warm sein und nach Rosen duften. Arbeitskleidung
und Spind, in einem für mich bereitgestellten Um-
kleideraum mit einer Duschkabine, sind für mich eine
selbstverständliche Voraussetzung. Einen Führerschein
habe ich auch, dieser wurde mir aber wegen meines
ständigen Falschparkens von der Polizei abgenommen.
Fahre aber weiterhin wegen meiner Sehbehinderung
nur noch kurze Strecken. Mein letzter Arbeitgeber hat
mir untersagt weiterhin ohne Führerschein zu fahren.
Da er nicht auf eine Arbeitskraft wie mich zu verzich-
ten kann, geht er nun jeden Freitagmorgen auf dem
Wochenmarkt für mich einkaufen. Anschließend hilft
er mir beim Ausladen und Hochtragen in den fünften
Stock. Leider ist dieser gutmütige Mensch für mich zu
früh verstorben, Gott habe ihn selig. Nun ist meinem
jetziger Arbeitgeber die „Agentur für Arbeit" und ich
stehe im Internet. Die vielen Klicks deuten auf meine
besondere Qualifikation hin. Meine Gehaltsvorstellun-
gen sind dadurch erheblich gestiegen. Bekanntheits-
grad = hohe Gehaltsforderung.

Ich sitze täglich zu Hause, unter einer hohen Strahlen-
belastung, vor meinem Bildschirm. Nach einer 45 jährigen Berufstätigkeit bin ich zu 70 % arbeitsunfähig.
Bitte stellen Sie mich schon übermorgen ein. Meine

Gehaltsforderung richtet sich nach dem EU-Tarif in Brüssel. Dort beträgt das Anfangsgehalt für das feminine Raumpflegepersonal 3.777,- € monatlich, zuzüglich 38 Tagen Urlaub, Kinder- und Weihnachtsgeld und freie Fahrt mit allen öffentlichen Verkehrsmitteln, wie Bahn, Flugzeug oder Schiff. Schön wäre es auch, wenn Sie „Du" zu mir sagen, das erleichtert sicherlich unsere gute Zusammenarbeit.

Ihre Gertrud Olga von Münchhausiade*

*unglaubliche heitere Geschichten

Dieses Bewerbungsschreiben ist für ähnliche Fälle nicht geeignet. Der Autor.

Ja, die Frauenquote

Zwei ehemalige Freudinnen treffen sich zufällig bei einem Stadtbummel. „Nein, das ist doch die Eva?" „Und du bist die Karin!" Beide hatten sich eine Ewigkeit nicht gesehen. Eva hakte Karin ein, und gemeinsam schlenderten sie die Straße entlang, bis sie vor einem italienischen Café standen. Wie in den alten Zeiten – Eva übernahm nun die Führung. Zu Karin gewandt: „Hier bin ich oft, es ist wie mein zweites zu Hause, da können wir plauschen und an die alten Zeiten denken." Beide betreten das Café. Eva wird vom Wirt Frederico, einem gutaussehenden Italiener mit welligen Haar und den leicht ergrauten Schläfen, mehr als herzlich begrüßt. Eva stellt ihre Freundin Karin vor. Karin errötete leicht, als sie in seine tiefblauen Augen sah. Als er galant ihre Hand in die seine nahm und diese mit seinen Lippen leicht berührte. Jetzt konnte sie verstehen, warum Eva die innige Berührung genoss. Eva bestellte für beide den besten Cappuccino der Stadt – mit geschäumter Milch versteht sich.

Danach erzählte sie von ihrer Ausbildung nach dem Abitur, in einer über die Stadtgrenzen hinaus bekannte Modeschule. Dort studierte sie Modedesign. Karin, hörte gespannt zu: „Und danach?" Eva zu Karin: „Kannst du dich noch an Wolfgang erinnern? Klassenbester und dazu noch gut aussehend." Karin: „Natürlich, wir waren doch alle hinter ihm her, war er nicht mit Sybille liiert?" Eva: „Aber ja. Ein paar Jahre später traf ich ihn. Er hatte seine Banklehre in einer großen deutschen Privatbank abgeschlossen, mit Auslandsaufenthalten in New York und London. Zurück in Hamburg trafen wir uns zufällig in der Stadt. Die Verbindung mit Sybille hatte sich durch die Auslandsaufenthalte von allein aufgelöst." Karin: „Und nun?" „Wir haben uns verliebt und ein Jahr später geheiratet. Nach der Hochzeit habe ich meinen gut bezahlten Job, in einem stadtbekannten Modegeschäft am Jungfernstieg aufgegeben. War nur noch Hausfrau und Geliebte, während Wolfgang ständig in der Welt auf Geschäftsreisen war. Kinder wollten wir beide nicht und grausam ist für mich das Alleinsein. Nun habe ich ganz in der Nähe vom Café eine Modeboutique."

Eva: „Nun zu dir, Karin." „Mein Leben war weniger aufregend. Nach dem Abitur habe ich an der Universität Betriebswirtschaft studiert. In der Studienzeit lernte ich meinen späteren Mann Paul kennen. Er hatte das Maurerhandwerk erlernt, danach studierte er an der Fachhochschule am Lerchenfeld Architektur. Nach dem Studium haben wir geheiratet und sind an den Stadtrand gezogen. Wir haben ein Haus gebaut und drei Kinder großgezogen. In der Zeit als Paul noch studierte, habe ich mich in einer Maschinenfabrik bis zur Betriebsleiterin mit Prokura hochgearbeitet. Als die Zeit der Kindererziehung kam, habe ich meine Berufstätigkeit aufgegeben." Eva: „Und was machst du heute?" „Vor ein paar Wochen habe ich mich in einer Agentur vorgestellt und um einen Vorstandsposten beworben. Jeder spricht von der Frauenquote. Ich habe mich in den letzten Jahren weitergebildet. Diese Weiterbildung ermöglicht es mir, mich um einen Vorstandsposten zu bewerben. Vor einigen Tagen habe ich mein Konzept dargelegt. Nach einem zweistündigem Gespräch, das aus meiner Sicht für mich sprach, verließ ich zuversichtlich das Gebäude. Ein paar Tage später stand die betriebsärztliche Untersuchung an. Diese verlief für mich ebenfalls gut.

Jetzt stand der Zusage nichts mehr im Wege. Nach einer weiteren Woche erhielt ich von der Agentur (Neudeutsch: Headhunter) folgendes Schreiben:

Der Vorstand der Maschinenfabrik Habitus teilte uns folgendes mit. Sie, Frau Karin Fischer, bringen alle für den Vorstandsposten, fachlich, gesellschaftlichen, menschlichen und politischen Voraussetzungen mit. Auch Ihr gesundheitlicher Zustand ist als mehr als gut zu bezeichnen. Zu unserm Bedauern müssen wir Ihnen jedoch eine Absage erteilen. Ihr Körpergewicht von 83 kg. entspricht nicht den Gebäudevorschriften in unserem Neubaukomplex. Bei einer Änderung der genehmigten Baustatik in den Stockwerken sechs bis zehn, eben dort wo zukünftig Ihr Arbeitsplatz wäre, würden uns erhebliche Mehrkosten entstehen, die wiederum Ihre Einstellung nicht rechtfertigen würden. Die hiesige Baubehörde teilte uns schriftlich mit, dass dieDeckentragfähigkeit ab Stockwerk sechs, nur noch Personen zulasse, die das zulässige Höchstgewicht von 75 kg pro Person nicht überschreiten. Die Behörde beruft sich dabei auf die Gewichtsangaben in den Fahrstuhlkabinen.

Wir bedauern aufrichtig unsere Entscheidung, die wir jedoch auf behördliche Anordnung treffen mussten. Sie haben leider nicht das normale Körpergewicht von 75 kg, sondern wiegen 8 kg zu viel.

Frederico, der Wirt und Schwarm vieler Frauen, hatte das Gespräch belauscht und als der Satz fiel: Sie wiegen 8 kg zu viel, standen bereits drei Gläser und ein Champagnerkühler mit Flasche, auf Kosten des Hauses, auf dem Tisch.

Na, das ist doch!

Geht es Ihnen auch so? Sie erwarten Besuch und dazu noch eine gute Bekannte aus der Schweiz. Dann gehen Sie doch sicherlich in das Café eines der besten Hotels, direkt an der Alster liegend. Leider werden dort, da schon die Mittagszeit angebrochen ist, die Cafétische für die Mittagsgäste eingedeckt. Diskret werden Sie zum Kaminzimmer geführt, um dort in in aller Ruhe mit Ihrem, aus der Schweiz kommenden, Gast zu plaudern. Der Raum ist um diese Zeit gut besucht. Trotzdem wird für Sie, und Ihren Gast ein angenehmer Platz am Fenster mit Blick auf die Alster gefunden. Sie plaudern und genießen das Ambiente. Sie blicken auf einen Kamin, der allerdings um diese Jahreszeit nicht in Betrieb ist. Was will man mehr – hier und jetzt den Tag und das Ambiente einfach genießen.

Ein wenig später fällt Ihr Blick auf einen Heizkörper unterhalb des Fensters. Sie blicken, sie blicken nochmals und sehen zu Ihrem Entsetzen eine tote Maus unter dem Heizkörper liegen. Ihrer guten Erziehung entsprechend, bitten Sie Ihren Besuch zu einem kleinen Spaziergang in die Lounge. Diskret lassen Sie Ihren Besuch für einen kurzen Augenblick allein und wenden sich der Bedienung im Kaminzimmer zu. Der jungen Frau erzählen Sie von dem Fund unter dem Heizkörper. In diesem Gespräch erfahren Sie, dass Sie mit einer aus Osteuropa stammenden, diplomierten Person gesprochen haben. Da Ihr erworbenes Studium im Gesundheitswesen in Deutschland nicht anerkannt wird, verdient sie sich ihr täglich Brot im Hotel Café. Zurück im Kaminzimmer, gemütlich im Sessel sitzend, fragt Sie Ihr Besuch: „Wo ist denn die Maus geblieben?" Wie peinlich für Sie!

Möchten Sie jedoch einen kleinen stubenreinen Hund mit in das Café nehmen, wird Ihnen vom Personal mitgeteilt: „Bedauerlicherweise muss der Kleine draußen bleiben." Na, das ist doch!

Das Leben in Andalusien

Lebt man im Ausland und sieht deutsches Fernsehen, so stellt sich für ehemalige spanische Gastarbeiter schnell die Frage: „Habt ihr wirklich so viele Nazis in Deutschland?" Wie oft bin ich das in unserem kleinen weißen Dorf in der Sierra las Nieves von ehemaligen Gastarbeitern gefragt worden. Meine Antwort kommt dazu etwas später.

Unterhält man sich mit englischen Nachbarn und spricht selbst kein Englisch, so stößt man schnell auf Wörter, die zwar englisch klingen, aber kein Engländer versteht. Wir sind ein Volk, das vor lauter Anbiederung seine eigene Sprache verunstaltet. Anglizismen werden diese englischen Worte mit deutscher Schreibweise genannt. Ein Spanier würde nicht auf die Idee kommen, seine Sprache so zu verhunzen. Ein paar Beispiele: Das Wort Mainstream habe ich weder im Duden, noch im englischen Wörterbuch gefunden. Das Wort Handy, heißt im Englischen: geschickt oder auch Gelegenheitsarbeiter.

Vor zwei Jahren lebten wir noch in Andalusien, in der Sierra las Nieves im Campo – außerhalb eines kleinen weißen Dorfes. Ob Engländer, Holländer, Kolumbianer oder Spanier. Wir waren alle Camposinos, d.h. Landbesitzer mit Gebäuden, auch Fincas genannt. Mehr oder weniger waren wir alle aufeinander angewiesen. So entstanden Freundschaften. Das miteinander Leben zeigte uns, wie wir miteinander auskamen. Intensiver oder weniger intensiv, wichtig war für uns: Wir brauchten einander. In unmittelbarer Nähe, lebte auf einer drei Hektar großen Finca, ein englisches Ehepaar – David und Susan.

Oft kam David mit dem Geländewagen auf ein Glas Bier oder einige Gläser Wasser. Oder wir wurden von Susan zum Essen eingeladen. Wir wohnten am Feldweg und auf der gegenüberliegenden Seite, auf einer Bergkuppe, stand ihre Villa. In der näheren Umgebung war unsere Finca die kleinste – mit 50 Olivenbäumen, Feigenbäumen und den Zitrusfrüchten. Im Frühjahr der Duft von den Blüten und im Herbst an die Bäume zu gehen, um die frischen Clementinen und Orangen zu pflücken. Unser Grundstück hatte eine Schräglage zum Bach und war ca. 5.000 m² groß.

Da ich nur wenige Worte Englisch spreche, haben wir uns auf Spanglish (Mix aus Spanisch und Englisch) geeinigt. Oft haben wir über die politische Lage unser beiden Länder gesprochen. Meinte ich nun endlich ein neues, aus Deutschland stammendes, aber sich englisch anhörendes Wort anbringen zu dürfen, kam es zu komischen Situationen. Gern erinnere ich mich an das deutsche Zauberwort „Public Viewing", ein Wort für Großleinwandübertragung. Als ich David mit diesem Wort konfrontierte stutzte er, sah mich entsetzt an und meinte ich hätte wohl heute zu viel Sonne bekommen. Auf Spanglish lernte David einmal mehr einen deutschen Anglizismus kennen.

Mit einer im Dorf wohnenden Großfamilie – Francisco y Anita – entwickelte sich eine innige Freundschaft. Anfang der sechziger Jahre ging Francisco als Gastarbeiter nach Deutschland. Er sprach sehr gut Deutsch. Kamen Deutsche in das kleine Bergdorf, so suchte er sofort den Kontakt, um Deutsch zu sprechen. Für mich war er die graue Eminenz. In dem Dorf lebten 2.600 Menschen, fast jeder kannte Francisco. Dazu gehörte, wenn auch rein zufällig, dass er mit dem Alcalde (Bürgermeister) verwandt war. Er wusste wo Fincas zum Verkauf standen, welches Bauunternehmen das Richtige ist. Dieser Bauunternehmer war der Bruder seiner Schwiegertochter, dieser hatte einen Cousin, zufällig hatte dieser Architektur studiert und unterhielt in Malaga ein Architekturbüro …

So kommt ein Deutscher, wenn er Glück hat, schnell zu einer „Finca projekto reforma". Eine Finca mit Ruinen und ebenso viel Arbeit „mucho trabacho". Zwischen Francisco und mir entwickelte sich eine Männerfreundschaft. Oft haben wir bei uns auf der Porche (Veranda) gesessen und über die Politik in Spanien oder Deutschland gesprochen. Zum Schluss kamen wir überein, Politiker sind „grande Banditos". Wie recht er behalten sollte! Jahre später wurden 11 Bürgermeister in der Provinz Malaga wegen Betruges zu Berufsverbot und Gefängnistrafen verurteilt. Unser Bürgermeister gehörte dazu.

Mehr als 25 Jahre hatte mein Freund Fancisco in Deutschland gearbeitet. Er liebte die Menschen und ihr Land. In einem der vielen Gespräche gestand er mir: wenn er keine Familie im Dorf hätte, würde er wieder gern in Deutschland leben. Hatte er ARD oder

ZDF Nachrichten gesehen, so fragte er mich: „Habt ihr wirklich so viele Nazis in Deutschland?" Meine Antwort, lieber Francisco: „Wir haben genau so viele Nazis, wie ihr Francos habt. Ja, du hast recht, bei uns sind es nur wenige und bei euch sicherlich auch."

An diesem Tag konnte ich endlich meine langaufgeschobene Frage loswerden: „Lieber Francisco, warum hilfst du uns Alemanes?" Er sah mich an, nahm meine beiden Hände: „Ich liebe Deutschland. Als ich damals in Köln ankam und später nach Frankfurt ging, haben mir deine Landsleute immer geholfen. Ich kam aus einem armen andalusischen Dorf, wo wir Kinder auf unseren Fincas arbeiten mussten. Mit 12 Jahren musste ich in den Sommermonaten, zweimal im Jahr zu Fuß mit zwei vollbepackten Eseln, über die Bergkette der Sierra las Nieves. Mein Ziel war ein kleines Dorf, in der Nähe von Ronda. Dort lebten Onkel und Tante. Ich blieb über Nacht, bevor ich am frühen Morgen zurück ging. Da nun ein Esel keine Last trug, konnte ich mich auf diesen setzen und musste nicht mehr zu Fuß gehen."

Als er mir diese Geschichte erzählte, saß ein anderer Francisco vor mir. Nun war sein Blick ernst. Fast traurig sprach er zu mir gewandt: „Du hast es bestimmt besser gehabt, du durftest in die Schule gehen, konntest einen Beruf lernen und später studieren. Meine beiden Brüder und ich durften nur zwei Jahre unsere Dorfschule besuchen. Nur unsere Schwester durfte die Schule länger besuchen."

„Horst, hol uns bitte eine Flasche Wein. Ich will nicht mehr über diese Zeit reden. Ich habe eine gute Familie, du und deine Anneliese, ihr seid meine Freunde. Schau in die Sonne, sieh die schönen Berge und sieh in die Augen unserer schönen Frauen. Uns geht es doch gut." Wir erhoben unsere Gläser: „Salut, Salut!" – ein Trinkspruch, der uns Gesundheit wünscht.

Vor einigen Jahren ist unser Freund Francisco verstorbener. Er war fünf Jahre älter als ich. Mit diesem wunderbaren Menschen erlebten wir eine Zeit, die immer in unserem Herzen bleiben wird.

Die Integration

In Deutschland ein geflügeltes Wort. Aber wie kann sich der Mensch, der in einem fremden Land lebt, integrieren? Es gilt Grundregeln zu beachten. Schon bei Urlaubsreisen ist es ein Muss, sich über das Land mit seinen Sitten und Gebräuchen vorab zu informieren. Selbst in Deutschland, mit seinen 16 Bundesländern, gibt es unterschiedliche Sitten und Gebräuche. Mit den Dialekten in unserer Sprache fängt doch alles an. Aber lebt man im Ausland, so gelten die dortigen Gegebenheiten, Lebensweisen, Kultur, Sprache, Historie, Religion und Lebensweisheiten der einheimischen Bevölkerung. Wer dort leben will, muss sich mit der Historie des jeweiligen Landes beschäftigen. Erst nach dem Lesen und Verstehen ihrer Historie, erkennt man an den Menschen, warum sie sich so geben und leben.

Als wir noch in unserem kleinen spanischen Dorf lebten, merkten wir sofort: Ohne die Landessprache zu sprechen und die Sitten zu kennen, wirst du nicht geachtet. Zuerst wurde ein Buch über die spanische Geschichte, „Die Handschrift von Granada" von Antonio Gala (in deutscher Sprache), in Marbella gekauft. Vor dem Einkaufen wurde alles, mit Hilfe des Wörterbuches Deutsch/Spanisch, in der spanischen Sprache aufgeschrieben. Selbst bei Bankgesprächen reichten die vorher von uns herausgesuchten Vokabeln, um das Anliegen verständlich zu machen. Nur bei Behörden und der Polizei wird es schwierig. Dort kann man es erleben, dass sie dich nicht verstehen wollen, wenn du ihre Sprache nicht perfekt sprichst. Meine Frau und ich haben die spanische Sprache nicht perfekt gesprochen. Aber uns ständig bemüht, dem Gastland in dem wir lebten, den nötigen Respekt zu zollen. Jahre später wurde es uns bewusst: Wir waren angekommen. Mit einem spanischen Freund haben wir in einer Bar im Dorfkern, über die zunehmenden Einbrüche, in die nicht immer bewohnten Fincas gesprochen. Seine Antwort: „Ihr beiden Alemanes müsst euch keine Sorgen machen."

Merke dir: Auch als Tourist, wenn du von einem Einheimischen, für dich jedoch Fremden, in einer Bar oder
anderswo eingeladen wirst, dann bist du sein Gast. Ver-
suche bitte nicht zu bezahlen. Das kann als Beleidigung
aufgefasst werden.

Das Konsulat in Malaga

Über ein Jahrzehnt lebten wir in einem anderen europäischen Land. Wir durften erleben, wie die Menschen
ihre Landessprache lieben, pflegen und stolz auf ihr
Land sind. Es stimmt mich traurig, wie wir Deutschen
uns verhalten. Bis 1945 wurde in der Wissenschaft, Literatur und Musik in vielen Ländern Deutsch gesprochen.
In diesen Ländern der Erde waren Goethe Institute ver-
treten, um den dort lebenden Menschen die deutsche
Sprache und Kultur näher zu bringen. Die Goethe Institute wurden spätestens vom deutschen Turnschuh
Außenminister trockengelegt.

Wie sieht es in der Gegenwart im deutschen Konsulat
in Malaga aus? Falls Sie dringend einen Notar Termin
benötigen, dürfen Sie zwischen einer weiblichen oder
männlichen Person wählen. Frei nach dem Gender Mai-
enstream steht Ihnen ein Ehepaar zur Verfügung. Hier

wird zu 100 % die Frauenquote zelebriert. Das Notar Ehepaar teilt sich einen Arbeitsplatz. Da sie zwei schulpflichte Kinder haben, die noch in die unteren Klassen einer deutschsprachigen Schule gehen, blieb ihnen auf Grund der Sparmaßnahmen im Auswärtigen Amt, nur die Möglichkeit, den Gender Mainstream zu praktizieren. Ein anderes Land, in dem sie ihren Dienst hätten tun können, haben sie aufgrund der familiären Situation zurückgestellt.

Erleben Sie bei einem Aufenthalt in Malaga bei Tageslicht einen Raubüberfall (ich wünsche es Ihnen nicht) und Sie brauchen Hilfe, dann suchen Sie im örtlichen Telefonbuch die Rufnummer vom deutschen Konsulat vergebens. Aus Kostengründen eingespart und einfach weg. Mein Tipp: Falls heute noch vorhanden, rufen Sie das Konsulat Österreichs an. Dort nennt man Ihnen süffisant die Rufnummer vom deutschen Konsulat. Haben Sie dann die Telefonnummer, möchte ich Sie auf den schlimmsten Fall hinweisen. Sie halten nun den Hörer in der Hand und wählen die Rufnummer vom Konsulat. Dann kommt aus der Hörmuschel: „Sie befinden sich in der Warteschleife an 13. Stelle. Zur Mittagszeit (Oh, es tut uns aber leid!) müssen auch wir etwas essen und trinken, rufen Sie später wieder an."

Sind Sie im Urlaub und stellen fest Ihr Pass ist abgelaufen – soll ja mal vorkommen – funktioniert es ohne Internet allerdings nimmer. Am besten die Termine für Ihre Ausweise verschieben oder im Ortsamt in Deutschland versuchen, denn dort sind mindestens Wartezeiten von 6-8 Wochen einzuhalten. Am vernünftigsten ist es, in aller Gelassenheit, denn Sie ändern an Ihrer Situation nichts, im Hotel auf eine Ihnen noch nicht bekannte Zeit, Ihre Ferien am Urlaubsort einfach verlängern. Ihren Chef anrufen und ihm sagen, das alles täte Ihnen schrecklich leid und Sie müssten Ihren Urlaub wegen höherer Gewalt verlängern. Es wär Ihnen alles sehr peinlich, doch die hohe Staatsgewalt des deutschen Konsulats in Malaga hätte für Sie im Moment keine Zeit. Falls er kein Verständnis für Sie hat, möge er sich doch bitte beim deutschen Außenministerium beschweren. Ein Versuch ist es auf jeden Fall wert. Vielleicht gibt es dann, auch endlich einen „Fall Frank-Walter Steinmeier" in der Republik?

„Nun sage noch einer, Deutschland schaffe sich nicht ab".

Wir Menschen in Deutschland müssen wieder lernen nach dem Diktum von Voltaire zu handeln:

„Er lehne jedes Wort ab, was der andere von sich gibt, aber dessen Recht es zu tun bis zum äußersten zu verteidigen".

Die Selbstbehauptung!

Unser Leben in Andalusien, spiegelte sich in einigen Facetten wider. In unmittelbarer Nähe unserer Finca, lebte ein englisches Ehepaar. Es entstand im Laufe der Jahre eine Freundschaft. Einer half dem anderen im Campo, denn das Leben war nicht immer einfach. David war ein englischer Berufssoldat, der bis zu seinem Ausscheiden aus dem Militärdienst, in Niedersachsen, im Standort Munsterlager, stationiert war. Als er uns besuchte, hatte er einige Tage vorher, mit einem deutschen Nachbarn, bei einem Glas Wein, über unser geliebtes Deutschland gesprochen. Dieser ist ein völlig entkräfteter Schuldirektor einer Berufsschule aus Nordrhein-Westfalen. Zwischen dem Schulleiter der 68er-Garde und meinem Freund David, kam es zu einem heftigen Streitgespräch. David konnte es nicht fassen, dass Schuldirektoren in Deutschland keinen Nationalstolz besitzen und diesen ihren anvertrauten Berufsschülern nicht vermitteln.

„Horst, nimm es mir bitte nicht übel, solche Personen sind für mich Duckmäuser ohne Rückgrat. Die laufen in gebückter Haltung durch das Leben. Ich glaube, man nannte euch nicht ohne Grund die Krauts."

Toll, so viel Ansehen genießen wir bei unseren europäischen Nachbarn.

Was sagte Napoleon Bonaparte?

„Es gibt kein gutmütigeres, aber auch kein leichtgläubigeres Volk, als das deutsche. Zwietracht brauchte ich unter ihnen nie zu säen. Ich brauchte nur meine Netze aufzuspannen, dann liefen sie wie ein scheues Wild hinein. Untereinander haben sie sich gewürgt und sie meinten, ihre Pflicht zu tun. Törichter ist kein anders Volk auf Erden. Keine Lüge kann groß genug ersonnen sein: die Deutschen glauben sie. Um einer Parole willen, die man ihnen gab, verfolgten sie ihre Landsleute mit größerer Erbitterung, als ihre wirklichen Feinde."

Und in der Gegenwart?

„Ein anständiger Deutscher liebt die Probleme mehr als die Lösungen".

Könnte das nicht auf die heutige deutsche Parteienlandschaft zutreffen?

Die Pegida

Menschen, die noch die ehemalige DDR erleben durften, haben ihr feines Gespür nach 25 Jahren einer friedlichen Wiedervereinigung behalten. Sie sehen und spüren, was um sie geschieht, ihre Gefühle sind feinsinnig geblieben. Ihr feinfühliges Gespür konnte sich in über 40 Jahren DDR entwickeln, im Gegensatz zum Gespür von uns Bundesrepublikanern. Wir mussten in dieser Zeit löffelweise amerikanische Demokratie schlucken.

Aus persönlichen Gesprächen mit Freunden, die in und um Dresden wohnen, habe ich ihre Sorgen gehört. Sorgen, die sich jeder Bürger anhören muss. Das schließt nicht die Politiker aus. Statt zu hören welche Sorgen den Wähler und denkenden Bürger bedrücken, werden sie beschimpft und in die rechte Ecke gestellt. Frei nach Marx: Weil nicht sein kann, was nicht sein darf. Besorgnis erregt, dass die Antifa von einigen Parteien, Gewerkschaften und Ministern unterstützt, zur Randale aufgerufen habt. Die Gründungsväter der Bundesrepublik Deutschland, würden sich im Grabe herumdrehen, wenn sie erleben würden, wie die Demokratie mit Füßen getreten wird.

Es sind die Sorgen aus dem noch vorhandenen deutschen Mittelstand, der immer noch in unserem Land die tragende Säule ist. Ohne diesem Mittelstand, um den uns im Übrigen auch einige Länder in Europa beneiden, würden wir in Deutschland, die gleichen Probleme wie in Spanien haben. In der Provinz Malaga liegt die Jugendarbeitslosigkeit bei 50 %. Die Fragen der Menschen, in und um Dresden, hören sich wie folgt an:

Wie viele Menschen können wir aus den fremden Ländern aufnehmen? Wir sind in Europa heute schon, mit über 80 Millionen Einwohnern, ein dicht besiedeltes Land. Was wird aus uns? Wir müssen ständig neue Gesetze aus Brüssel oder Deutschland beachten. Wir werden vom deutschen Zoll kontrolliert, ob wir auch alle Auflagen erfüllen. Was wird aus unseren Kindern, die keinen höheren Schulabschluss haben? Nehmen uns die vielen Fremden, die zum Teil Analphabeten sind, die Arbeit weg? Welche Arbeit können sie verrichten? Wer trägt die Kosten für deren Lese-, Schreib- und Mathematikunterricht? Die Antwort von Frau Merkel: „Das schaffen wir!" Bedeutet doch: Wer bezahlt es, Frau Merkel? Die Antwort, für jeden Bürger in diesem Land kann doch nur folgende sein: Der Steuerzahler. Und wer ist der Steuerzahler? Der einfältige, gutmütige und unpolitische „Deutsche Michel".

Was ist mit unserer deutschen Justiz? Die Leipziger Volkszeitung schrieb über eine ältere Frau. Diese wäre von einem Hund gebissen und schwer verletzt worden. Daraufhin habe sie den Hundehalter verklagt. Die Staatsanwaltschaft hat die Klage nicht angenommen mit der Begründung: „Die Halterfamilie ist bisher unauffällig geblieben."

Ist diese Meinung und Mitteilung der Staatsanwaltschaft in Leipzig zum Standardtext verkommen? Mir ist ein persönlicher Fall bekannt, in dem es um einen Verkehrsunfall mit schwerer Körperverletzung ging. Dort fand auch der obligatorische Satz mit der „Halterfamilie" seine Anwendung. Dieser Unfall ist für das Opfer bis heute nicht abgeschlossen.

Das war nur ein Auszug dessen, was diese Menschen auf die Straßen führt. Ob ihnen jedoch das Rede- und Demonstrationsrecht von regierenden Parteien, möglichst entzogen werden sollte? Hatten wir das nicht schon einmal in Deutschland?

Rückblick und Gegenwart

Wir durften als junge Menschen, die Zeit Kurt Schuhmachers (SPD), Konrad Adenauers (CDU), Ludwig Erhardts (Minister der sozialen Marktwirtschaft) und des Bundespräsidenten Theodor Heuss erleben. Diese Persönlichkeiten haben sich über manche Vorschriften der alliierten Besatzungsmächte hinweggesetzt. Dabei Kopf und Kragen riskiert, um die Bundesrepublik Deutschland in ein Land des Wirtschaftswunders zu verwandeln.

Heut' zu Tage, sind wir ein Land der Duckmäuser geworden. Betrachten wir doch einmal die Flut von Vorschriften. Passiert irgendwo etwas, das noch nicht in einer Vorschrift oder einem Gesetz geregelt ist, wird sofort ein neues Gesetz erlassen. Wir älteren Menschen, die in der alten Bundesrepublik Deutschland aufwuchsen, durften Eigenverantwortung tragen und passen nicht in die Klischeevorstellung der heutigen Regierung unter Merkel und Co.

Ich war damals ein junger Handwerker, der arbeiten konnte so viel er wollte. Überstunden wurden bis 20 Uhr mit 25 %, danach mit 50 % Aufschlag vergütet. Dieser Aufschlag war steuerfrei. Wenn ich heute in den Medien, egal welcher Couleur, hören muss, die Menschen aus der Türkei hätten das Wirtschaftswunder mit erarbeitet, so sträuben sich mir die Nackenhaare.

Wir jungen Menschen kannten die Türkei nur im Schulatlas. Erst Ende der sechziger Jahre wurden die Türken von der Großindustrie mit Zeitverträgen angeworben, später haben sich die großen Konzerne aus dem Staub gemacht. Diese Menschen waren nur für eine kurze Zeit bestimmt, bis die großen Konzerne ihre Roboterstraßen in ihren Werkhallen installiert hatten. Danach standen diese Menschen auf der Straße, bis schließlich die Regierung, also auch die Steuerzahler, den Menschen aus der Türkei zu einem Aufenthalt in Deutschland verholfen haben. Schon in dieser Zeit entwickelten sich Parallelgesellschaften in den deutschen Städten und Gemeinden.

Jahrzehnte hat die deutsche Außenpolitik nach Genscher es versäumt, die Entwicklung in Afrika und Asien kritisch zu deuten, um das, was in der Gegenwart geschieht, zu verhindern.

Unsere Gegenwart ist mehr als nur kritisch zu betrachten. Ich hatte in den letzten Wochen die Gelegenheit, mit einer jungen Frau aus Weißrussland zu sprechen. Sie lebt mit ihrem Mann in einer kleinen Stadt in Niedersachen. Beide sind berufstätig, er arbeitet in einer Bäckerei und sie als OP-Schwester in einer Hamburger Klinik. Kennengelernt haben wir uns im Zug, der nach Bremen fuhr. Im Zug sitzend, fragte mich eine leise Stimme, ob noch ein Platz frei wäre. Eine zierliche weibliche Person saß nun mir gegenüber. In ihrer Hand hielt sie einen Coffee-to-go-Becher, den sie auf dem Fensterbrett abstellte. Im ersten Moment war ich irritiert – da fragte mich jemand, ob noch Platz wäre. Dabei waren alle drei weiteren Plätze frei. Nach Hamburg fahre ich in letzter Zeit gern mit dem Zug, aber nur selten widerfährt mir diese auffallende Höflichkeit. Über den Kaffeebecher, fiel es mir leicht, mit ihr ins Gespräch zu kommen. Ihr leichter Akzent machte mich neugierig. Ich traf auf einen jüngeren Menschen, für den ein offenes Gespräch kein Problem darstellte. Während dieser Bahnfahrt durfte ich erfahren, dass sie verheiratet ist und aus Weißrussland kommt. Die deutsche Sprache und Latein hatte sie bereits in der Schule in Weißrussland gelernt. Für ihr Examen als OP-Schwester, war diese Ausbildung von einem unermesslichen Wert. Mir saß eine intelligente junge Frau gegenüber, mit der ich mich über Literatur und ihre Einstellung zum Leben in Deutschland unterhalten konnte. Bevor ich mein Ziel erreicht hatte, bat sie mich zurückhaltend um meine Telefonnummer. Wir hatten beide den Wunsch, uns wiederzusehen. Einige Wochen später trafen wir uns in Hamburg, in einem italienischen Bistro. Über zwei Stunden, haben wir eine angeregte Unterhaltung geführt.

In diesen Stunden durfte ich erfahren, wie eine junge Frau aus Weißrussland über ihr heutiges zu Hause Deutschland denkt. Mir gegenüber sitzt eine zierliche junge Frau, die offen mit mir über die Probleme spricht, die wir gegenwärtig in unserem Land haben. Sie kann sich nicht mit der augenblicklichen deutschen Politik anfreunden. Vor 14 Jahren kam sie nach Deutschland, hat sich hier angemeldet und sich weitergebildet. Bis vor zwei Jahren, hat sie in Deutschland eine harte Zeit erleben müssen und hat heute ihr Ziel erreicht – sie fühlt sich nun angekommen in Deutschland. Sie arbeitet im OP und steht an manchen Tagen 16 Stunden auf den Beinen. Sie liebt dieses Land und kann das, was zur Zeit in unserem Land von der politischen Elite gemacht wird, nicht nachvollziehen. Es wäre nicht möglich ohne Papiere in Weißrussland einzureisen. Vor mir sitzt ein junger Mensch, der sich Gedanken über den hiesigen Zustand macht und offen darüber spricht. Sie liebt die deutsche Literatur, sie spricht über ihren Literatur Liebling, den russischen Schriftsteller Tolstoj und dessen Werke. Sie tanzt in ihrer wenigen Freizeit klassischen Tanz und während sie erzählt, spricht aus ihr die russische Seele. Eine Seele der Schwermut. Zum Schluss erzählte sie mir von einem Cousin, der in Nordamerika lebt und sie vor einiger Zeit in Deutschland besuchte. Durch ihren Cousin lernte sie die nordamerikanische Lebensweise kennen. Seine oberflächliche Art dem anderen gegenüber, obwohl er einst in Weißrussland lebte, hat sie erschreckt. Für mich war es ein Erlebnis der besonderen Art, einen Menschen kennenlernen zu dürfen, der sich beim Sprechen noch Zeit lässt und wenn er redet, mit seiner leisen Stimme sein Gesagtes zum Ausdruck bringt.

Wild-West auf der Autobahn

Die, von überwiegend linken Politikern, als besondere Errungenschaft angepriesene Freizügigkeit, ohne Grenzkontrolle durch ganz Europa zu reisen, sieht in Deutschland so aus: Sie kommen an einem Sonntagmorgen von einem Verwandtenbesuch und fahren auf der Autobahn von Magdeburg in Richtung Hannover. Die Autobahn ist auf allen drei Fahrspuren stark befahren. Sie fahren auf der rechten Spur und werden von einem normalen schwarzen PKW überholt. Sie fahren einige Kilometer weiter – auf der Standspur steht ein PKW. Sie fahren an diesem vorbei, sie sehen im Außenspiegel, dass dieses Fahrzeug sie auf dem Standstreifen überholen wird und sich vor sie setzt. Sie fahren hinter diesem PKW weiter auf der rechten Spur. Plötzlich kommt ein Arm aus dem Beifahrerfenster des PKW, ein blaues Blinklicht wird auf das Dach gesetzt, danach kommt die Kelle.

Vielleicht halten Sie mich für nicht normal, aber wie sich später heraus stellen sollte, handelte es sich hier um eine, vom deutschen Gesetzgeber beschlossene Anordnung. Wir fuhren noch einige hundert Meter hinter diesem Fahrzeug her, da wir nicht wussten, was die Insassen des Fahrzeugs von uns wollten. Wie so viele Deutsche, spielen auch wir Lotto und da dachte ich leichtsinniger Weise an einen „Sechser" mit Zusatzzahl im Samstagslotto, und dass nun der Glückliche gesucht wird.

Nach weiteren Metern standen wir hinter dem schwarzen PKW auf einem LKW Parkplatz. Als passionierter Krimiseher, hatte ich vorsichtshalber unsere Autotüren verriegelt. Vielleicht ist es doch die Mafia? Nun entstiegen dem vor uns stehenden Fahrzeug zwei in grau gekleidete Personen. Aus meiner Zeit im Hamburger Hafen, kannte ich solche Typen an der Freihafengrenze, wir nannten sie „Schwarze Gang". Aber die beiden in Grau, der eine mit Catcherfigur, jung und Körpergröße

1,95 m, der Zweite, ein Älterer, in etwa meine Körperlänge und Gewichtsklasse. In der Zwischenzeit hatte ich mein Fenster heruntergelassen. Auf meine Frage, was sie von uns wollen, sprach der Hüne, ich wäre seiner Anordnung am Kilometer xy nicht gefolgt. Sie hätten uns überholt und Zeichen gegeben, ihnen auf den Standstreifen zu folgen. Daran konnte ich mich nicht erinnern. Und auf einem Standstreifen halten? Der Hüne sprach von einer strafbaren Handlung, die mich 50,- € kosten würde. Der, meiner Körperlänge entsprechende, in grauer Uniform, klärte uns Staatsbürger nun auf:

Nach der Grenzöffnung der europäischen Länder, müssen die Kontrollen im Landesinneren erfolgen. Ein Beispiel zum besseren Verständnis: Der Hamburger Hafen war ein Freihafen und somit Zollgebiet. Die damalige Zollgrenze, ging über die Freihafengrenze hinaus, bis in die Hamburger Innenstadt, z.B. bis zum Hamburger Rathaus. Hatte man den Freihafen an der Zollgrenze verlassen und somit das eigentliche Zollgebiet, so durfte der Zoll jeden Bürger bis zum Hamburger Rathaus kontrollieren. Im Übrigen gelten ähnliche Zollzonen an den deutschen Flughäfen. Der deutsche Gesetzgeber hat seit der Grenzfreiheit in Europa, die ganze Bundesrepublik zum Zollgebiet erklärt. Deshalb können alle Bürger, beim Verlassen ihres Hauses, vom Zoll kontrolliert werden. Demnach ist doch der Zoll für die Flüchtlingskontrolle zuständig? Dann beschimpft doch der sogenannte

Pöbel die Mutti „Merkelismus" zu Unrecht? Oder?

Nach der Kontrolle aller Papiere mussten wir die mitgeführten Waren zeigen: Wurst und geschenkte Marmeladengläser. Sie wollten viel wissen: Woher wir kommen, wo wir übernachtet haben, … Erst nachdem wir allle Fragen beantwortet hatten, gaben sie uns unsere Papiere zurück. Durch die Unfreundlichkeit des Catchers, wurde uns noch einmal die DDR Zeit ins Gedächtnis gerufen.

Trotzdem verlief die Zollkontrolle auf der Autobahn von Magdeburg in Richtung Hannover glücklich ab. Wir durften unsere Wurst und Marmelade mitnehmen und mussten sie nicht zu unseren Verwandten zurückschicken. Ebenfalls wurde uns das Bußgeld in Höhe von 50,-€ erlassen und wir wurden nicht wegen eines versuchten Schmuggeldelikts angezeigt. In der Zwischenzeit hatte ein Autobus aus Polen den Parkplatz erreicht und unsere zwei in grau Gekleideten, hatten endlich und hoffentlich erfolgreichere Aufgaben.

Wir fühlten uns im neuen Deutschland, wie Bürger zweiter Klasse. Wir gehören einer Altersgruppe an, die als Kinder die Bombennächte und die auf uns Kinder schießenden Tiefflieger überstanden haben. In der DDR ihre Verwandten besuchten. Und in der Gegenwart in einem Land leben, wo nach dem Gesetz der deutsche Bürger zu jeder Zeit vom Zoll kontrolliert werden darf. Unser Rat: Achten Sie auf schwarze PKW, es könnte der Zoll sein. Und transportieren oder schmuggeln Sie keine Wurst und Marmelade aus Sachsen.

Wenn Sie Ihr Haus verlassen, darf der Zoll Sie kontrollieren. Tollhaus Bundesrepublik Deutschland. Es fehlt nur noch das Hausbuch, das kennt noch der ältere DDR Bürger. Jeder Bürger, der aus dem westlichen Ausland kam (dazu gehörte die BRD), musste sich mit allen persönliche Daten in das Hausbuch eintragen. Für junge Leser: Mit BRD meinten die deutschen Brüder und Schwestern in der DDR, die Bundesrepublik Deutschland. In unregelmäßigen Abständen, ohne vorherige Ankündigung, wurden die sogenannten Hausbücher, die auch in den Hotels geführt wurden, von den staatlichen Beauftragten der DDR-Behörden kontrolliert. Da muss man doch nichts Böses denken? Es wäre nur eine Aufgabe mehr, für den deutschen Zoll! Oder? Doch der „deutsche Michel" merkt nicht, was um ihn herum geschieht!

Wie CO_2 die Menschheit spaltet

Zu meiner Schulzeit lernten wir, wieviele Stoffe in gasförmigem Zustand, sich in unserer Luft befinden. In der Gegenwart ist es zu einer, nicht nur wissenschaftlichen, sondern zu einer politischen und wirtschaftlichen kontroversen Auseinandersetzung verkommen.

Hier stehen sich zwei Lager gegenüber, die unterschiedlicher nicht sein könnten.

Unsere Luft besteht aus: 78 % Stickstoff und 21 % Sauerstoff – beide Stoffe addiert ergeben 99 %. Das eine Prozent enthält verschiedene Edelgase. Für CO_2 bleiben 0,038 %.

Ich gehe bewusst, nicht auf weitere Einzelheiten ein. An fast jeder Ecke stehen die selbsternannten Umweltschützer. Ich möchte mit diesem Beitrag erreichen, dass Sie, der Bürger, diesem Personenkreis einmal die Frage stellen: Aus wievielen Stoffen, in %, besteht unsere Luft? Sie werden erstaunt sein, welche Antworten Sie erhalten!

Wann ist man eine Dame?

In meiner Schulzeit – nun die liegt schon einige Jahrzehnte zurück – wurden wir von unserem Deutschlehrer Dr. Becker, auch über den Gebrauch von Wörtern unterrichtet. Besonderen Wert legte er auf die Betonung der einzelnen Wörter. Die Betonung lernten wir beim Auswendiglernen der endlosen Gedichte von Friedrich Schiller. Seine Werke „Die Glocke" oder „Die Kraniche des Ibykus", wurden von uns Schülern vorgetragen. Mit dieser Methode lernten wir freies Sprechen.

Sicherlich werden Sie sich jetzt fragen: Was hat das mit

der Überschrift „Wann ist man eine Dame" zu tun? Sehr viel! Haben wir nicht gelernt, mit dem einzelnen Wort umzugehen? Es gibt Wörter, die mehrere Bedeutungen haben. Sieht man in das „Etymologische Wörterbuch des Deutschen" so ist das Wort „Dame" vom französischen „Madam" abgeleitet worden. Eine Madam war im öffentlichen Leben eine Persönlichkeit - im positiven, wie im negativen Sinne. Eine Dame ist eine Frau mit Bildung und gepflegtem Äußeren.

Wie sieht es in der Gegenwart aus? In unserem Land der Dichter und Gelehrten, werden weibliche Wesen mit 12 Jahren als Dame bezeichnet. Übrigens wird in fast allen Medien von Damen gesprochen. Obwohl sie bis zum 18. Lebensjahr noch Kinder sind und für die Eltern auch ein Leben lang bleiben. Reisen Sie jedoch nach Spanien oder in andere Länder, liegen Sie mit Ihrem Begriff „Dame" bei Kindern völlig daneben. Eine Spanierin, Mittelamerikanerin oder Südamerikanerin fühlt sich beleidigt, wenn sie mit Señora angesprochen wird. Falls Sie es doch tun, sehen Sie in ihre funkelnden, meist braunen Augen - es kann sein, dass man Sie stehen lässt. Sie ist eine Señorita und bleibt es bis zur Boda (Hochzeit), erst nach einer Heirat wird man eine Señora, egal ob schon ein Kind da ist oder nicht, es bleibt eine weibliche Person mit der Anrede Señorita.

Warum habe ich dieses Thema aufgegriffen? Ich habe

über 14 Jahre in einem kleinen weißen Dorf in Andalusien gelebt. Jahrzehnte zuvor war ich auf einer Studienreise in Peru. In Peru habe ich bereits vor 29 Jahren erleben dürfen, welche Achtung eine Frau auch am Steuer hat. In der Hauptstadt Lima gibt es Verkehrskreisel, in die mehr als acht Straßen einmünden. Als ich das erste Mal mit Elena, einer Peruanerin, meiner Frau und meinen deutschen Freunden, die Jahre vorher in Peru lebten, in dieses unvorstellbare Chaos, in einem VW Käfer, in dem fünf Personen saßen, hineinfuhr, habe ich gedacht: Horst, das ist dein Ende, hier kommst du nie wieder heraus. Aber es kam so, wie ich es mir seither auch in Deutschland vorstellen könnte:

Grundsätzlich hatten vor 29 Jahren die weiblichen Personen ein Vorrecht im Leben. Im Kreisel war ein enormer Lärm, es wurde gehupt, es wurden Handzeichen gegeben, jeder ließ den anderen fahren und jede Frau am Steuer hatte Vorfahrt. Wir konnten eine Gastfreundschaft erleben, die wir in Deutschland kaum kennen. Meine Frau und ich gehörten zur Familie. Unsere deutschen Freunde kannten die peruanischen Familien. Mein Freund Friedrich hatte Jahre zuvor als Elektroingenieur auf der damals weltgrößten Zuckerrohrplantage der Erde gearbeitet. Sie hat die Fläche eines Staates wie Belgien. Aus dieser Zeit stammen seine Freundschaften mit peruanischen Familien. Dort wird Freundschaft gelebt, nach dem Motto bringt mein deutscher

Freund, seinen deutschen Freund mit, dann ist er auch mein Freund. Im Übrigen lernten wir diese Sitten und Gebräuche auch in Andalusien kennen.

Machen wir uns nicht lächerlich, ein Kind mit 12 Jahren mit „Dame" anzusprechen? Oder wollen wir den anderen europäischen Ländern zeigen, wie sie ihre 12 jährigen Kinder zu bezeichnen haben? Obwohl ich Marx gelesen habe, diese Passage habe ich nicht gefunden.

Die Presse über Horst Pfeil

Der Spiegel Berlin im Jahr 2000

„Er ist sehr groß, aber für wie groß hält er sich selbst? Ronald Schill, der Schrecken der Verbrecher. Im Gericht ist er das, ein Richter ist immer auch ein kleiner Gott. Allmacht - Schill hat den Gedanken daran in die Politik mitgenommen.

Als er vor dem Uhlenhorster und Hohenfelder Bürgerverein auftritt, ist der Saal voll. 200 Leute, normalerweise kommen um die 40, wenn der Verein einlädt. Das Publikum wirkt wohlhabender, gesetzter als das in Wilhelmsburg. Der Saal gehört der Kirchengemeinde St. Gertrud. An der Wand hängt Jesus am Kreuz. Man hört Flötenspieler üben.

Schill verwandelt auch diesen Raum. Jeder Gedanke an Milde und Nächstenliebe ist bald vertrieben. Empörung hängt schwer in der Luft. Gegen Ende des Abends sagt jemand: Im Übrigen muss ich mal was sagen in Bezug auf unsere ausländischen Mitbürger: „Die scheißen auf Gesetze." Eine Frau, die protestiert, wird niedergemurrt. Die Stimmung ist so, dass man auch über die deutsche Vergangenheit reden möchte. Ein Mann in Jeans steht auf und sagt: Wie lange sollen wir denn noch kuschen, wie lange noch? Viele nicken. Schill sagt nichts. Nach der Veranstaltung im Haus des Erlösers schreibt Schill Autogramme. Eine Frau, die ihr langes blondes Haar zu einem Zopf gebunden hat, sagt, dass sie für ihn beten wolle. Ein junger Mann stellt Schill seine Eltern vor. „Die wollen Sie unbedingt kennenlernen". Die Eltern lächeln glücklich. „Unser Junge ist ja schon zweimal überfallen worden", sagt der Vater, als würde ihn das für die Freudschaft mit dem Richter qualifizieren. Die Frau mit den blonden Haaren hat ihren Zopf gelöst. „Ich liebe Sie". sagt sie zu Schill.

Horst Pfeil, 64, der Vorsitzende des Bürgervereis ist sehr zufrieden mit dem Abend. Nach Hohenfelde soll ein Hilfszentrum für Drogensüchtige verlegt werden. Die Bürger wehren sich. Auf die Frage, was er denn fürchtet sagt Pfeil: „Alles". Bedrohlich sind nicht nur die Drogensüchtigen, bedrohlich ist der rasche Wandel in der Welt, Pfeil erzählt von den Einkaufszentren, die kleine Geschäft kaputtmachen, vom kommenden Euro, von Kürzungen im Sozialbereich, von einem Asylbewerberheim. Das alles ist den Leuten, die er vertritt, unverständlich, auch unheimlich.

Sie sind Bürger, Demokraten, man könnte sie die „Alte Mitte" nennen. Von der Politik fühlen sie sich aufgegeben. Pfeil hat sich immer wieder an die Politiker gewendet. Helft uns. Niemand half, sagt er. „Wenn ich hingehe und sagte: Die alten Leute trauen sich am Abend nicht mehr auf die Straße, wird mir gesagt: Objektiv ist die Sicherheitslage gut. Aber die Leute haben Angst, sage ich darauf. Das ist nur das subjektive Sicherheitsempfinden, wird mir gesagt. Was soll ich dann meinen Leuten sagen? Dass sie sich nicht so anstellen sollen?" Von Ronald Schill hat er gehört, dass „er ein paar Urteile gesprochen hat". Er wolle das „gar nicht werten", aber damit wurde der Richter „interessant für uns". Ob er auch Schill wählen würde, weiß er noch nicht. Er warte es ab. Es sind noch zehn Monate bis zur Wahl. bis dahin kann Schill eine Menge Fehler machen und seine poltische Karriere zerstören. Aber die Leute aus Wilhelmsburg, die Leute aus dem Gericht, der Taxifahrer, Horst Pfeil und seine Bürger, die bleiben und warten weiter. Es ist nicht anzunehmen, dass es sie anderswo nicht gibt."

Berlin im November 2000 : Dirk Kurbjuweit

Festschrift: 130 Jahre Hohenfelder und Uhlenhorster Bürgerverein.

„Mit dem Anfang der 90er Jahre erhielt der Bürgerverein einen neuen ersten Vorsitzenden, Horst Pfeil, der 10 Jahre lang mit viel Sinn für die Probleme der Stadtteile Hohenfelde und Uhlenhorst und großem Engagement den Verein leitete. Sehr tatkräftig stand ihm seine Ehefrau Anneliese zur Seite sowie ein gutes Team von Vorstandmitgliedern. Diesem Horst Pfeil gelang es, durch viele Gespräche und Beziehungen den intensiven Kontakt zu den Geschäftsleuten, sowie den örtlichen Institutionen zu pflegen und damit auf die Kommunalpolitik stark einzuwirken. Er führte jedes Jahr mit dem Ortsamtleiter Hans-Joachim Nebel und den zuständigen Behördenvertretern Begegnungen im Stadtteil durch, um auf Probleme oder Missstände aufmerksam zu machen und dadurch Verbesserungen zu bewirken, die Lebensqualität im Stadtteil anzuheben. Er gründete mit einer ganzen Anzahl von Geschäftsleuten die Interessengemeinschaft Hohenfelde, um im mittelständigen Bereich die Situation zu beleuchten und zu verbessern. Zur Verschönerung des Stadtteils organisierte er die Aufräum- und Pflegeaktion an der Mundsburger Brücke mit der Aufstellung von drei Blumenschalen, die noch bis vor kurzem von Mitgliedern des Bürgervereins zu den verschiedenen Jahreszeiten bepflanzt wurden.

Horst Pfeil, mochte den Kontakt mit vielen Menschen im Stadtteil, wie er das zum Beispiel auf den Straßenfesten, dem Alsterboulevard am Hofweg praktizierte oder beim regelmäßigen Stammtisch im Pub des Hotels „Holiday Inn" am Graumannsweg. Mit Leidenschaft vertrat er die Interessen der Bürger- und Bürgerinnen in Hohenfelde, als es im Frühjahr 2001 darum ging, in der alten Schumacher-Polizeiwache an der Lübecker Straße eine Drogenambulanz eizurichten, in der er die Gefahr für viele Kinder und Jugendliche in den umliegenden Schulen erblickte. Immer wieder packte er politische Themen an und lud interessante Referenten zu Abenden des Bürgervereins ein. Aber er liebte auch gesellige Stunden, feierte gern im Bürgerverein Weihnachten im großen Saal des Gemeindezentrums mit Einlagen und Darbietungen, sowie ein schon traditionelles Herbstfest mit Tanz und unterhaltsamen Aufführungen. Auch gemeinsame Reisen führt er in das Vereinsleben ein: nach Berlin und nach Bingen am Rhein mit Umgebung - vorbereitet und organisiert durch das Vorstandsmitglied Brigitte Traulsen. Schließlich unternahm der Bürgerverein unter seiner Initiative eine Reise nach Südspanien, wo er auf den Geschmack an dieser schönen Landschaft kam und einige Zeit später selbst mit seiner Frau übersiedelte.

Damit endete Anfang 2002 die sehr inhaltsreiche Zeit mit Horst Pfeil, dem ersten Vorsitzenden, und es wurde sehr schwierig, einen geeigneten Nachfolger zu finden. Die Wahrnehmung der Aufgaben durch den zweiten Vorsitzenden Alf Völckers war nur eine vorrübergehende Lösung, zumal er nicht erster Vorsitzender werden wollte."

Hamburg im Februar 2013: Jürgen Strege, 1. Vorsitzender des HUBV

In jedem Menschen Gesichte steht seine Geschichte.

Zum Schluss für „Jedermann in der Gegenwart:"

„Mit welchem Recht kommst du Ausländer zu mir und sagt mir, was ich zu tun habe?"

Ernest Hemingway 1940

„Die Meinungsfreiheit ist als Grundrecht geschützt. Die Meinungsfreiheit schließt das Recht auf Informationen ein, verbietet aber nicht den Irrtum. Der Mensch muss anderen seine Gedanken mitteilen dürfen. Sei es wahr und aufrichtig, oder unwahr und unaufrichtig, weil es bloß auf ihnen beruht, ob sie ihm glauben wollen oder nicht."

Immanuel Kant Königsberg 1724-1804

Nachwort

Geschichten schreiben kann ich schon allein, aber für das Korrekturlesen, das Grafikdesign und die Druckvorbereitung geht ein großes Dankeschön an die Freundin Marja Reher.

Aus der schönen Stadt Dresden, von Dirk Müller, kommt die Karikatur der Titelseite – ebenso wie bei meinem Buch „Hoddel und Anne".

Dirk Müller Karikaturen-Service
Friedensallee 19
01097 Dresden
Tel: 0351 - 802 17 35
Mobil: 0173 - 571 19 44

Weitere Bücher von Horst Pfeil

Susi und ihre Kinder

In diesem Buch erzählen drei Katzen spannende Geschichten aus ihrem Leben auf einer Finca *al-Andalus* in der Provinz Málaga. Ein Buch für Jung und Alt.

46 Seiten
ISBN 978-3-74-317677-5

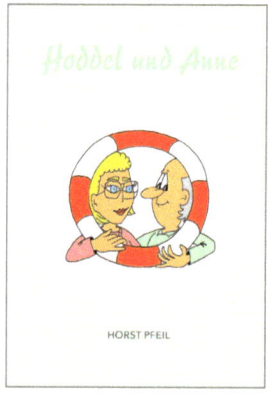

Hoddel und Anne

Mit oft hintergründigen Sätzen, nimmt er sich selbst oder seine Frau auf den Arm. Er füllt das Buch mit Sätzen, aus dem täglich Erlebten. Mit manch pfiffigem Wortspiel, nimmt er sich und seine Umwelt nicht mehr ernst.

52 Seiten
ISBN 978-3-74-482087-5

Mein geliebtes Peru

Ein Reisebericht vor 30 Jahren. Die große Gastfreundschaft der Mittelschicht. Auf der anderen Seite eine nicht absehbare Armut der Ur-Einwohner. Noch heute wird von der monetären Produktionsgesellschaft – nach John Maynard Keynes – der Lebensraum der Ur-Einwohner zerstört.

160 Seiten
ISBN 978-3-74-487443-4